おもちゃの馬

野口幸雄詩集

澪標

詩集『おもちゃの馬』●目次

III

装幀　森本良成

I

夕焼けを見ながら

手を差し出すのを
躊躇することがあります
爪が割れているからです

おふくろの爪も
割れていました
電動ミシンで長田の靴を縫っていたからでしょうか

学校で淋しい事があった日は
工場の窓から
おふくろの働く姿を覗いていました

するとおふくろは仕事を早く切り上げ
爪の割れた手を
ぎゅっと握って帰ります

なにも言わないで
夕焼けを見ながら

むしこ窓

町家がブームです
京都の商家を大切に保存し
観光客に公開しています

「床の間の下のこの木は高価な黒檀です
商人は人の目をはばかるように床の間の下に使います
このような長いものはもう手に入りません
夏の暑い京都では坪庭が風を通します
あれは　むしこ窓と言います
中二階ですが階段はありません
夜梯子を掛けて丁稚さんをあげ

逃げて帰れないように梯子を外します……」

ガイドさんの流暢な説明が続きます

逃げて帰れないように梯子を外す

梯子を外す!!

それから後　わたしには

説明が聞こえていなかった

「みなさーん　こちらへお進みくださーい」

豪商の広いお屋敷が案内されていく

浄瑠璃寺にて

澄みきった静寂が
平安時代そのままに
当尾の里をおおっている

本堂を写してる「宝池」に清浄な風が渡ると
阿弥陀仏らは　微笑みをうかべて座禅をくみ
横一列に並んで参拝を受ける準備を始めます

三重塔と本堂　九体の阿弥陀仏　すべて国宝
なのに　拝観者はけっして多くはありません
里山を散策してきた信仰心のない人ばかりだ

仏教界に詳しい友人が　真顔で言うのです
仏様も九体もいると座る位置を「あみだく
じで決めましょうと揉めているらしい」と

「宝池」に　さざ波がたっている

I LOVE YOU

英語を長く教わってきました
でも　会話は出来ません

経済学部をでましたが
貯蓄はありません

歌は音痴で
楽器も弾けません

人生　いかに生きるべきかなど
わかりません

教わってもいないのに
人を愛することはできました
あなたに「I　LOVE YOU」
は　通じますか

おもちゃの馬

「この子は長く生きられないかも知れない」と
おやじは医者から聞かされていた

勉強しながら療養する施設は
病気が重すぎて入れなかった

大人ばかりの病院へ
おもちゃの馬と一緒に入院した

おもちゃの馬は尻尾を上げ下げすれば
真っ直ぐに走ったり円を描いたりした

まずしい大工のおやじが与えてくれた
精一杯贅沢で精巧なおもちゃだ

人里離れた田んぼの中
退屈な患者達は私を可愛がってくれた

病院では死者がでることもあって
そんな日は誰も遊んでくれなかった

長い廊下に馬を真直ぐ走らせ一人で遊んだ
おもちゃの馬は遠くへ消え去ってしまった

あれから何年経ったのだろう

だれもかれも逝ってしまって
もう自分一人だけで遊ぶほかはない
あの馬が円を描いて戻ってきたのだ

人生

柔らかくすべすべした肌で産まれて
大きくなれと伸ばしたりさすったり
ゴム鉄砲を作って遊んだ
五本六本と集まれば怖いものはない

みんなを束ねるのに
重宝された

頼りにされて祭り上げられ
傲慢になって嫌われた

梯子をはずされ
一人また一人といなくなった
雲散霧消
俺は窓際のフックにかけられた
耐用年数も過ぎ
干からびて切れてしまった
代わりはいくらでもある
輪ゴムの人生

糸電話を作って

数年前の台風で川が氾濫して鮎がいなくなった

川にかかった　小さな橋
その上の青い空

飛行機が残した白い糸
この糸を手繰り寄せれば

その先は
ロンドン、パリ、ニューヨーク？

それでは　あの飛行機雲で
糸電話を作って　喜びを世界中にお知らせしましょう
「おーい　養父市の大屋川に鮎が戻ってきたゾー」と

修行中

男一匹　孤独に耐えられるようにと
山の中の一軒家に住むことにした
隣の家まで二キロはあるだろう
全くの一人である

ウグイスが鳴いているだけ
ウグイスに
「やかましい！」と怒鳴ったら

ドアがバターンと大きな音をたてて閉まった

おお　怖っ！

考える人

叱られて
座って用をたすようになった
妻には逆らえない

誰もいない
断崖絶壁の露天風呂
大空を仰ぎ
仁王立ちに
腰を突き出し
水平線に向かって
消防ポンプで勢いよく

放尿した

飼いならされて
鎮火してしまったか

燻っている青春の
夢と希望に
もう　風は吹かないか

便座で考える人になっている
俺
まだ　七十歳

Ⅱ

その日

その日　神戸市立長田工業高校　被災された
住民が押し寄せたので校長先生が開門されま
した　避難所には指定されていません　災害
対策本部は知りませんでした　一日過ぎ二日
経ち　住民に不安や不満が募っていきました

「みなさーん　大変ご不便をおかけいたしま
した　災害対策本部から派遣されて参りまし
た　もう大丈夫です　ご要望を何でも言って
ください」ハンドマイクはどなるように学校
中を駆けずり回りました

水が　毛布が　懐中電灯　子供のオムツが欲しい要望がどんどん出されました　事務長さんと災害対策本部に実情報告　物品を受け取り急いで引き返し　その日から学校に泊まり込むことになりました

トイレが流せない（これには困りました）この学校には長年使われていない井戸があり先生方は水が汲み上げられるようにしてくれました　マンホールを開けて簡易水洗トイレも作ってくれました　さすが工業高校です

私はたった二～三日寝ていないだけで頭も身

体も動きません　一度自宅に返してもらえる
事になりました　自転車での帰り道支援物資
を積んだ車とすれ違います　気持ちがたかぶ
っているのか涙が出てきて止まらない

爆睡しました　何時間寝ていたか解りません
学校に戻り　体育館や教室の場所ごとに世話
役を募り自治組織を作りました　これで支援
物資の運搬　配布がスムーズに出来るように
なり　やっと普通の避難所になりました

テレビが体育館での成人式を放映しています
「あっ　地震！」咄嗟に身体が固くなります
妻がマッサージチェアーを使っている揺れで

した　あの日から二十五年も経っているとい
うのに

深夜の花見

脱サラで居酒屋をはじめた　張り切って
朝から晩まで立ちっぱなしでよく働いた
こんなに働いた事はかってなかったほど

三年がたって経営は芳しくない　体重は
十キロも減りゲッソリとしている　料理
の腕だけが原因ではない　客が自然と集
まってくる「器」に私がなれていないの
だ　店を畳めばいいのだけれど世間体や
プライドが邪魔をする　思い悩んでいた
その日も客は　父親の介護で週末毎に実

家に帰ってくる人と仕事が忙しすぎて彼
女を作る暇もないという青年の二人だけ

「花見なんてもう何年もいってないよ」
と青年が「俺もや」と孝行息子が頷く私も
開店以来　花を見る余裕も無かった「店
を閉めて花見に行きましょう」と深夜の
摩耶ケーブル下へ　桜のトンネルは満開
で今を盛りと見事に咲き誇っている　道
幅いっぱい横一列になって坂道を下った
「おやじを放っておけないから帰るわ」
「明日も休日出勤や」と青年も帰った

一陣の風が吹いた　花吹雪が私を包んだ

このときです　花をめでる余裕を失った
暮らしにさよならすると決めたのは

まだ旅の途上

最後の客を送り出したその時　「この辺りに
風呂屋はありませんか」と尋ねられた　友達
三人と　車で日本一周の卒業旅行をしている
という　風呂ならうちのに入っていきなさい
よ　そうと決まればゆっくり「灘の酒」を飲
もうじゃないか　ということになったのだ
（夜学生だった私には　卒業旅行という言葉
が眩しかったのかもしれない）三人がなぜ友
達になったのか　就職のことや彼女のことな
どいっぱい　いっぱい話しました

北海道から旅をしていた大学生です　はや二週間がたち日本一周の旅も無事終了いたしました　知らない僕らをお風呂に入れてくれただけでなく泊めていただいたことに感謝しています　久しぶりで手足をゆっくり伸ばして眠りました　全国を旅してきたのに土産話を聞かれると神戸の事を話します　「北海道は北の大地と言うことで野菜ぐらいしかなくて」とダンポールいっぱいのトウモロコシが届きました

ご無沙汰しています　お店の方は如何ですかあの夏の日から一年が経ちました　思い出すのは神戸の事です　今考えるとあり得ないこ

とだと思っています　僕らはなんとか就職も
決まり　きついですが頑張っています　もう
あんな旅なんかできないですよね……
（オイ　オイ　そんなに早く大人になるなよ）
追伸
いやきっとまた神戸へ　野口さんに会いに行
きます

あんさん

綺麗な着物で初詣ですか。私はお参りなんか行かしませんで。今まで何かいいことおましたか。五円のお賽銭でようけお願いしたりして厚かましいのと違いまっか

受験で合格祈願ですか。お守りも買うてきましたんか。そんなことせんとちゃんと勉強せなあきまへんで。知らん事、分らん事は答案に書けまへんで

社内の研究旅行ですか。新緑の鎌倉散歩よ

ろしいなぁ。銭洗弁天さんでお金をあらってきはったん。それでお金ふえましたか。毎月　定期預金をした方が確実でんがな

出雲大社で縁結びですか。そんなん　今はやりの合コンのほうが確率高いのとちがいますか。高学歴、高収入で背の高いイケメンをはよゲットしなはれ

近頃の子は占いや神頼みと人任せばかりや。あんさん　世の中をよー見て自分の頭でしっかり考えんとせっかくできた愛の結晶も戦争にとられまっせ

チーズ王子

北海道の冬　農家は何もできない、そこでチーズを作り始めた酪農家がいます。すべてを手作りで。旅の途中、偶然知り合ってお宅に伺い　チーズをご馳走なりました。（なんとこの人はチーズ作りの名人だったのです）その時、若いお弟子さんの事を嬉しそうに話されるのを聞きました。

その弟子は兵庫県丹波市にいまし

た（私の住まいの隣町です）百年続く農家の十一代目、二十七歳。農業の傍ら乳牛を飼い、師匠から教えられた通り自家製の飼料で乳酸菌も自ら培養しフランスリヨン発祥の白カビチーズを作っています。これが「丹波すぐれもの大賞」に輝き「チーズ王子」という愛称も贈られました。

これからは新しい種類のチーズ作りや販路拡大にも取り組みたいと言う。彼はただ一生懸命話をしているだけなのに、一生懸命さを何処かに置き忘れてきた私は、涙が出そうになって頼まれた訳でもないのに応援したくなったのです。ああ　出来たチーズを全て買って上げられたらいいのになぁ

Ⅲ

二人の背中

ゴリラに笑われたのがきっかけで
ゴリラばかりを描いている阿部知暁さんという女性画家
「のんびりゆったり生きることを学び
ゴリラに救われた人生だ」とおっしゃる

ゴリラ研究の世界的権威
京都大学総長山際寿一氏がテレビに出られた
司会者の「なぜゴリラなのか」との問いに
「ゴリラは人間より偉い　背中で物を言う」と答えられた

よせばいいのに　親友が熟年離婚をした

小さな居酒屋をやりたいが資金が足りないと言う
昔なら即刻「任しとき」と言えただろうに
年金生活ではどうにもならない

バカをやってた頃の話を肴に
ぎこちなく杯を重ねる
二人の背中は
何を語っているのだろう

悪ガキと先生

中学三年生
クラスに悪ガキがいた
授業中に騒ぐし　タバコは吸うし　カツアゲもしていた

そいつに担任の先生の家に連れていかれた
（僕は学級委員だし　先生の家に近かった）
大学を出たてなのに熱意のない先生だと思っていた

「上がれよ」と先生が言った
机と本棚があるだけの下宿住まい
僕は緊張していた　彼は楽しそうによくしゃべった

それから街にでて　食事をした
先生の注文したビールが運ばれてきて
「飲むか」と先生が彼に言った

彼は「いらない」と答えた
僕には言わなかった
（二人は友達なんだ）

熱意がないと思っていた先生に
この時
友達になって欲しいと思った

太陽がいっぱい

アランドロンさんが俳優業を引退されるそうだ

土曜日　市役所の仕事は半ドンで
夜学生だったわたしには
授業が始まる夕方まで
名画座で時間をつぶすのが好都合だった

アメリカのニューシネマ、フランス映画などがよく掛かった
「明日に向かって撃て」「スティング」
「愛と青春の旅立ち」
「小さな恋のメロディ」

「いちご白書」「卒業」……
泣いたり　笑ったり　いかったり

愛とは
青春とは
正義とは
卒業までの五年間
映画は人生の教科書で

市役所は学歴社会
高校卒には出世の見込みはなく
大学卒の資格を得て
民間企業に就職してやろうと
わたしの瞳は

輝いていた
わたしの明日は
太陽がいっぱいだった

怖がり

ヘイ「らっしゃい」
豆絞りの鉢巻をして
粋な板前を演じている

深夜十二時　片付けも終わり鍵をかけ
門灯を消せば漆黒の闇
その時　背後から「もし…」の声

こんな夜中に道を尋ねるわけはなし
さては強盗か
ヒイー　喉が詰まって声が出ない

身体じゅうがこわばっている
それでも逃げようと試みた
ほんの少し　足が動いた

必死でバタバタと走った
心臓の鼓動が止まらない
生きた心地がしなかった

俺って
怖がりだったんだ
思い知らされた

やっとの思いで家に帰った

声は出るようになっていたが
このことは妻に話さなかった

それ以来　鉢巻も外し
「いらっしゃいませ」と丁寧に
おとなしく板前をやっている

旅

旅先で「どちらから来られました」と聞かれて
「神戸から」と答えると
「オシャレな街でいいですね」と言われます

神戸は新幹線の高架をくぐり
二十分も歩けば布引の滝へ行けます
その道で見知らぬ人とすれ違えば誰にでも
「こんにちは」と挨拶を交わします
みんな友達になれたような
素敵なハイカーになるのです
だからオシャレな街なのかもしれません

日本人がエコノミックアニマルと言われた時代
スイスに行ったことがあります
その旅先で自転車に乗った学生が
大声で「儲かりまっか」と叫び
疾走していきました

返事をしてやらなければ
「ぼちぼちでんな」と

そして　大笑いをしあえば
オシャレな旅になるはずだ

潮のかおりのする町で

潮のかおりのする街で
海へと続く狭い坂道を
下ればほら県立美術館

桜並木が途切れると
木肌のゴツゴツした
街路樹になりました

女のひとが花の名前を
男のひとが木の名前を
沢山知っているのって

いいものだと思います

これはなんという木だろう
なんという名前の木だろう
雲のながれと歩いていると

「マンサク科
　アメリカフウ」
手作りの小さな名札

日本丸

「米をつくりませんか」と
隠居老人　七十歳の移住者にいう
いい田圃があるのに作る人がいないとか

この国は少子高齢化・過疎化に悩んでいる
この地方都市も深刻だ
八方手を尽くしているが効果は上がらない

古民家再生、子育て支援、Ｕターン促進等
日本中何処も同じような施策で
移住をのぞむ若い人を取り合っている

若者が来ても子供を産まない
ああ　不沈空母　日本丸
軽くなる

百円ショップ

買い物カゴに放り込む
台所用品、インテリア、文房具、印鑑
なんでも百円
役に立たなければ捨てればいい

中国、タイ、ベトナム、ミャンマー
アジアの国々
訪ねたこともない国の
時に使い捨てられる人達の仕事
語学を学ぼうとテレビをつける

旅するフランス、ドイツ、イタリア、スペイン語
俳優が案内をして
贅を尽くした王侯貴族の館で　会話の練習

ネリリ、キルル、ハララ*　火星語はこれでいい
火星の友人に送る便り
封筒は手づくりした
捨てずに取り置きしていた　お気に入りの包装紙で

*谷川俊太郎の詩「二十億光年の孤独」より

枯らしたのは

若くしてマンションを手に入れ有頂天になっていた
ベランダに緑が欲しくなった

近くのスーパーで植木市がたって
大きな木が安く売られていた
「これください　植木鉢も一緒に」
「植木鉢では育ちません　路地植えでないと」
若い植木職人が言った

「いいから買います」
「いや、だめです」押し問答になりかけた

そこへ年配の職人がやってきて……

私は勝ち誇り
意気揚々と買ってきた

木は枯れました
職人が言ったように

枯らしたのは木だけだったのか
あの若い職人の心をも枯らしたのではなかったか

そのことに気が付いてからです
私が詩のようなものを書き始めたのは

野口　幸雄（のぐち　ゆきお）

1948年　神戸市生まれ
日本現代詩人会会員、兵庫県現代詩協会会員、関西詩人協会会員
詩集『妻が出かけた日』（澪標）
詩誌「風の音」発行人

現住所
〒657-0846　神戸市灘区岩屋北町4丁目4-5-902

（カバー・表紙）
青山大介（鳥瞰図絵師）
〒651-2124　神戸市西区伊川谷町潤和865-1

詩集『おもちゃの馬』

二〇二〇年五月一〇日発行

著　者　野口幸雄
発行者　松村信人
発行所　澪　標《みおつくし》
大阪市中央区内平野町二 - 三 - 十一 - 二〇二
TEL　〇六 - 六九四四 - 〇八六九
FAX　〇六 - 六九四四 - 〇六〇〇
振替　〇〇九七〇 - 三 - 七二五〇六
印刷製本　亜細亜印刷株式会社
DTP　山響堂 pro.